21086

LES ÉLÈVES

DU

PRYTANÉE DE PARIS,

AU PREMIER CONSUL

BONAPARTE,

SUR L'ATTENTAT DU 3 NIVOSE.

A PARIS.

De l'Imprimerie de Sétier et Compagnie, rue
St. Jacques N.º 51, au-dessus de la Place Cambrai.

Nivôse an IX.

DIALOGUE

Entre l'ombre de Robespierre et celle d'un Citoyen mort dans l'explosion du 3 nivôse an VIII.

ROBESPIERRE,

(Se promenant seul dans le Tartare.)

L'HEUREUX instant approche, où dans ces lieux funèbres
Descendra Bonaparte; au milieu des ténèbres,
Mon ombre apparoissant à mes constans amis,
Dans leurs desseins vengeurs les a bien affermis:
Par un moyen nouveau, dont frémira la terre,
Par un moyen heureux que m'a donné Mégère,
Dans cette France encore je serai triomphant;
On doit, pour me venger, détruire en un instant
Cet homme qu'on a vu détruire mon ouvrage:
Un terrible volcan, placé sur son passage,
Contre lui vomira le salpêtre et la mort.
Mais quelle ombre nouvelle en ces lieux!... Est-il mort?
Bonaparte vient-il?

L'OMBRE DU CITOYEN.

Que vois-je! Robespierre!
Fuis mes regards, bourreau de ma patrie entière:
Au plaisir infernal qui brille dans tes yeux,
Je reconnois l'auteur du forfait odieux:
En vain de ce héros, vainqueur de l'Italie,
Tes lâches partisans se promettoient la vie;

Je viens de succomber au milieu des débris;
Mais soudain mille voix ont répété ces cris :
Bonaparte est sauvé !

ROBESPIERRE.

Ciel que viens-je d'entendre!
Voilà donc le succès que je devois attendre
De ce moyen si sûr qu'a dicté ma fureur !
De ce dernier combat il est sorti vainqueur.

L'OMBRE DU CITOYEN.

Tremble! au nom des Français, pour tes lâches complices,
Je descends demander quelques nouveaux supplices;
Tous les tourmens connus sont encore trop doux :
O filles de l'enfer, cherchez, consultez-vous,
Inventez une prompte et terrible vengeance
Egale à leurs forfaits !

ROBESPIERRE.

Je n'ai plus d'espérance!

(*Aux Furies.*)

Allez ne cherchez point de tourmens plus affreux,
Leur supplice est au comble ; il rend le peuple heureux !

Par M. CHAPUIS, Elève du Cours de Littérature au Prytanée français.

ODE

Sur l'attentat du 3 nivôse contre la personne
du Premier Consul.

Lorsque, précipitant une paix éclatante,
Moreau déploye aux yeux de l'Autriche tremblante
  Nos étendards vainqueurs ;
Le guerrier magistrat ramène dans la France
La richesse, les arts, et fait goûter d'avance
  La paix et ses douceurs,

Un concours magnifique au temple d'harmonie
S'assemble, impatient d'applaudir le génie
  D'un Orphée étranger :
Le Héros veut aussi présenter son hommage,
De son goût pour les arts donner un nouveau gage,
  Et les encourager.

Il s'avance, et partout il répand l'allégresse ;
Partout devant son char une foule s'empresse,
  Et semble s'écrier :
C'est-là qu'est le soutien de la gloire commune !
C'est-là qu'est des Français l'espoir et la fortune,
  La paix du Monde entier !

Mais quel fracas soudain ! Quel éclat de tonnerre !
Une horrible secousse a soulevé la terre ;
  Quel amas de débris !
On n'entend que les murs qui craquent et s'entrouvrent,
Et des infortunés, que les ruines couvrent,
  Les lamentables cris.

Dieu! je ne le vois plus! Est-il resté sans vie
Au milieu du volcan qu'une horrible industrie
      Embrasa sous ses pas?
Non, non! il reparoît serein, brillant de gloire,
Et semble, en triomphant d'une trame aussi noire,
      Triompher du trépas.

France, réjouis-toi! les victimes plaintives,
Qu'entraîna ce forfait aux infernales rives,
      Pardonnent tes transports.
Célèbre le salut de la tête adorée
Sans qui tu te verrois de nouveau déchirée
      Et couverte de morts.

Par J. M. FRÉDÉRIC NICOD, Elève du Cours de Littérature au Prytanée français.

LE LION, LE TIGRE ET LE RENARD.

FABLE.

Dans une contrée étrangère,
Un jour le fièr Lion alla porter la guerre;
En son absence un Tigre usurpateur
S'empara du pouvoir, régna par la terreur;
De tous les animaux, le Renard hypocrite,
Le Loup cruel marchoient seuls à sa suite.
Les hôtes innocens des forêts d'alentour,
D'épouvante glacés, n'osoient paroître au jour.
Le tendre Agneau, le Cerf agile,
Le Singe en agrémens fertile,
Ne pouvoient éviter la mort.
Puissant et foible éprouvoient même sort.
On avoit perdu tout, et même l'espérance.
Soudain le Lion reparut;
Autour de lui tout le peuple accourut
Pour implorer son assistance.
A peine sait-il leurs malheurs,
Le Tigre est terrassé; mais il veut bien encore
Laisser la vie au tyran qu'il abhorre.
Ce pardon généreux redouble ses fureurs;
Il concentre sa rage et rêve à la vengeance.
Bientôt son œil remarque un tertre de gazon
Où chaque jour le superbe Lion
Venoit se délasser des soins de la puissance.
L'émail des fleurs, le murmure des eaux,
Le gazouillement des oiseaux,
Des toits élegans de verdure,
Tout témoignoit que la nature

Pour le Titus des bois embellissoit ces lieux.
Soudain vers le Renard court le Tigre joyeux ;
Tu connois nos amis, que ta voix les rassemble ;
A creuser un abîme occupez-vous ensemble :
Ce tertre où le tyran repose son loisir,
            Doit l'engloutir.
        Renard de se mettre à l'ouvrage,
Pour mieux cacher son piége il le couvre de fleurs ;
        Mais les Dieux protecteurs,
Veilloient en ce moment pour détourner leur rage.
        Tout le travail est achevé,
        L'instant fatal est arrivé.
Vers son tertre chéri le fier Lion s'avance.
Le Tigre le voyant s'applaudit en silence.
Mais quelques animaux d'une imprudente ardeur,
        Devancent leur libérateur ;
        La terre sous leurs pas s'entrouvre,
        Ils périssent ensevelis.
        Le Lion aisément découvre
        Le complot de ses ennemis ;
        Il sent l'abus de la clémence,
        Et détruit la perfide engeance
Du Tigre, du Renard, et de tous leurs amis.

Par L. PÉRÉE, Elève du Cours de Littérature au
Prytanée français.

VERS
AU PREMIER CONSUL,
Sur l'Attentat du 3 nivôse an IX.

Après tant de malheurs la France renaissoit,
Son front, voilé de sang, enfin s'éclaircissoit;
La paix suivoit déjà nos vaillantes armées,
Et les Arts, relevant leurs têtes opprimées,
Voyoient luire pour eux des jours purs et nouveaux !
Et déja pleins d'ardeur saisissoient leurs pinceaux.
Toujours victorieux, le Héros de la guerre,
Le Héros de la paix parcouroit sa carrière,
Et promenant partout ses bienfaisans regards,
Venoit de rallumer le feu sacré des Arts.
Tel, après les frimats, le Dieu de la lumière
Brille, et de ses rayons fertilise la terre.
Il parut, et soudain le crime épouvanté
Vit tomber de ses mains son sceptre ensanglanté :
Par trois fois il tenta d'assouvir sa vengeance,
Trois fois il abusa d'une longue clémence.
Et toujours révolté sous le joug des bienfaits,
Il couvoit dans son cœur ses horribles projets.
Un moyen, inspiré par son affreux génie,
Un moyen infernal vient flatter sa furie.
Fortement comprimé par des chaines de fer,
Le salpêtre irrité, ministre de l'enfer,
Brisant avec fureur sa prison resserrée,
Va vomir en éclats une mort assurée.
Tout est près : et tandis qu'au sublime talent
Le Héros va porter un hommage éclatant,

Une soudaine mort l'attend à son passage :
Il paroît ; le salpêtre embrasé par la rage
Tonne, éclate, on frémit : mais un Dieu protecteur
Retarda son effort et trompa sa fureur :
Hélas ! s'il eût frappé cette tête chérie !
Le sang inonderoit encor notre patrie !
Mais tu vis, écartons cette scène d'horreur ;
Tu vis ; voyons plutôt briller dans tous les cœurs
Une douce allégresse, et tout un peuple immense
Te prouver son bonheur et sa reconnoissance.

Par L. J. S. Amand Miaczinski, Elève du Cours
de littérature, au Prytanée français.

VERS

AU PREMIER CONSUL,

Sur l'Attentat du 3 nivôse an IX.

QUELS nuages épais! quel feu! quel bruit soudain!
Est-ce pour nos exploits qu'on fait tonner l'airain?
Après dix ans de maux, de guerre, de carnage,
Le Français reçoit-il le prix de son courage?
A-t-on conquis la paix? Non! c'est un deuil nouveau.
Le crime encor s'agite au fond de son tombeau;
Des monstres teints de sang, jaloux de notre gloire,
Veulent, par des forfaits rappeler leur mémoire.
A l'ombre des lauriers de son libérateur,
La France commençoit à jouir du bonheur.
Tisiphone, accourant du ténébreux empire,
En reconnut la source et voulut la détruire:
Elle osa confier au salpêtre enflammé
Le forfait que le fer n'avoit point consommé.
Et quel temps vit ourdir une trame si noire?
Quand la France apprenoit sa nouvelle victoire,
D'une éternelle paix présage consolant;
Quand le Génie alloit applaudir au talent.
Il voloit au plaisir, l'enfer sur son passage,
Calculoit les instans trop tardifs pour sa rage.
Enfin la foudre éclate, et l'air en même-temps
Retentit à l'entour de longs mugissemens.
Tisiphone trésaille, et cherche sa victime;
Le Héros est vivant! elle a perdu son crime.

Quel autre fruit pouvoit espérer sa fureur ?
Si Bonaparte, ceint d'un laurier protecteur,
Echappa tant de fois aux foudres d'Italie,
Au trident de Neptune, aux déserts de Libye,
Aux champs de Maringo, devoit-il donc périr
Sous des coups que sa main dédaigna de punir ?
Non ! non ! quand on tramoit ce complot parricide,
Minerve sur son fils étendoit son égide.

Par A. P. H. Duverger-Villeneuve, Elève du Cours
de Littérature, au Prytanée français.

VERS

AU PREMIER CONSUL,

Sur l'Attentat du 3 nivôse au IX.

FRANCE, viens rendre grace au bienfaisant Génie
Dont la main protectrice a sauvé la patrie.
C'est lui qui des pervers arrêtant les complots,
De leur foudre perfide a sauvé ton Héros.
Quelle espérance, hélas! t'alloit être enlevée!
A quels mortels regrets étoit-tu réservée,
Si ce génie heureux qui veille à tes destins,
N'avoit pas garanti, du fer des assassins,
L'heureux triomphateur de l'Aigle germanique,
L'éternel ennemi du pouvoir despotique,
Le guerrier que Bellone a toujours respecté,
Le sage par qui fut le désordre arrêté,
Qui, ramenant chez nous la paix et l'abondance,
A su, par ses vertus, surpasser sa vaillance,
Et qui bientôt enfin, couronnant sa valeur,
Du titre glorieux de pacificateur,
S'assure d'une place au Temple de Mémoire,
Et s'élève au-dessus des héros de l'histoire.
Et vous, dont les forfaits font frémir l'Univers!
Vous, dont le dernier crime étonne les pervers!
Vous soutenez encor l'aspect de la lumière,
Vous ne vous cachez pas dans le sein de la terre;
Vous levez vers les cieux vos regards effrontés,
Et votre calme insulte aux Français attristés!

Vos cœurs du repentir sont-ils donc à l'épreuve ?
N'entendez-vous donc pas l'orphelin et la veuve
Vous reprocher la mort d'un père ou d'un époux ?
Tremblez ! le fer vengeur est suspendu sur vous !
Vos crimes ont enfin irrité la justice,
Traîtres, n'espérez pas éviter le supplice
Que demande à grands cris l'Univers indigné.
Votre moment approche, et votre heure a sonné.
Déjà s'ouvre l'abîme et, de votre présence,
L'enfer qui vous vomit va délivrer la France.
Dieux qui nous protégez, faites que leur trépas
Epouvante à jamais ceux qui suivroient leurs pas.
Heureux ! si nous pouvions, d'une trame si noire,
Ravir au monde entier l'odieuse mémoire !

Par A. Ch. TREILHARD, Elève du Cours de Littérature
au Prytanée français.

AUX VICTIMES

De l'Attentat du 3 nivôse an IX.

J'ACCOURS auprès de vous, malheureuses victimes,
De ces monstres chargés d'épouvante et de crimes :
Recevez par ma voix les regrets de nos cœurs,
C'est le tribut sacré qu'on doit à vos malheurs.
La paix, que promettoit le Héros de la France,
Vous donnoit du bonheur la flateuse assurance :
Heureux dans le présent, heureux dans l'avenir,
Peut-être en ce moment vous couriez au plaisir.
La mort, l'horrible mort, vous attend au passage ;
Le salpêtre embrasé luit, tonne, et dans sa rage,
Lance de tous côtés des membres palpitans.
Nos cœurs ont entendu vos sourds gémissemens ;
Vos amis, vos parens, vos épouses, vos filles,
Tout est perdu pour vous : du sein de vos familles
Vous êtes arrachés par ce complot affreux,
Créé par les enfers, détourné par les Dieux.
Infortunés !... mais quoi ! que vois-je ? l'allégresse
Sur vos fronts consolés remplace la tristesse ;
Je vois vos traits flétris, soudain se ranimer,
Ce n'est point la douleur qu'ils veulent exprimer ;
Et vous me répondez : Va, ta pitié t'égare :
Victimes d'un complot, lâche autant que barbare,
La mort va nous plonger dans son séjour affreux ;
Mais, malgré nos malheurs, nous rendons grace aux Dieux ;
Protecteurs des vertus, protecteurs de la France,
Ils ont su détourner cette horrible vengeance

Qui menaçoit les jours, jours bien plus précieux,
D'un Héros dont la vie est un bienfait des Dieux.
Conquise par ses soins, par son prudent courage,
Bientôt la paix viendra couronner son ouvrage,
Et de leurs ennemis, alliés et vainqueurs,
Les Français diront tous : Oublions nos malheurs,
Remercions des Dieux la sage vigilance,
En sauvant Bonaparte, ils ont sauvé la France.

Par Et. F. Paulin MAHON, Elève de Littérature
au Prytanée français.

L'OMBRE DE ROBESPIERRE.

DÉJA la pâle nuit étend ses aîles sombres,
Les objets obscurcis s'éclipsent dans les ombres;
Que vois-je? Robespierre, entrouvrant son tombeau,
Apporte de l'enfer le plus affreux complot!
Comme un astre fatal son regard étincelle;
De sa face livide un sang impur ruisselle;
Il rassemble aussitôt en des lieux écartés,
Les ministres constans de ses atrocités.
Aussitôt, à sa voix, ces bourreaux mercenaires
S'empressent d'écouter les ordres sanguinaires;
Il parle : et de ces lieux, à sa voix frémissans,
Les voûtes prolongeoient ces terribles accens.

« Ministres généreux de ma juste vengeance,
Vous qui devez un jour commander à la France,
Comment pouvez-vous voir, sans frémir de courroux,
Un jeune parvenu que l'on préfère à vous,
Qui, terrassant la mort, du creux de nos abîmes
Dans ses bras triomphans enleva nos victimes?
Et vous, de ses exploits timides spectateurs,
Un noble désespoir n'embrase pas vos cœurs?
Vous souffrez que ses loix, aux vôtres préférées,
Soient partout en vigueur et partout révérées:
Qu'il menace toujours votre empire affoibli,
Et soumette la France à son joug ennemi?
Mais, que dis-je! déjà l'ardeur qui vous entraîne
Irrite vos desirs de vengeance et de haine.
Vous tous, de notre empire et la force et l'appui,
Allez, amis, volez, triomphez aujourd'hui;

Dénoncez, accusez, et fabriquez des crimes !
Que votre tribunal siége sur des victimes,
Et dussiez-vous enfin régner sur des déserts,
Il faut au bonet rouge asservir l'Univers ».

Le cruel Robespierre, achevant ce langage,
Au sein de ces bourreaux souffle toute sa rage ;
Et comme une vapeur dans l'air s'évanouit :

Le Conseil transporté, vers cette ombre qui fuit
Tend les mains et s'écrie : « O toi qui, dans notre ame,
Du plus ardent courroux viens d'irriter la flamme,
Invisible habitant de l'espace éternel,
Qui t'es fait voir à nous sous les traits d'un mortel,
Nous nous livrons au feu que ton discours inspire :
Oui, nous suivrons la route où tu veux nous conduire ;
Oui, des fleuves de sang vont couler sous nos pas :
Sois toujours avec nous et préside au trépas ».

Aussitôt le soupçon, la morne inquiétude
Parcourent de la nuit la vaste solitude.

Fabriqués par leurs soins, des piéges infernaux
Doivent plonger la France en un gouffre de maux.
Le vainqueur d'Aboukir, ami de la science,
Alloit l'encourager par sa noble présence :
Son char vole, soudain le ciel tremble et mugit,
La foudre tonne, éclate avec un affreux bruit ;
Mais, couvrant le Héros d'un voile impénétrable,
La liberté l'arrache à ce meurtre effroyable.
O France ! rends donc grace à la bonté des Dieux
De t'avoir conservé des jours si précieux !

Tremblez, bourreaux, tremblez ! la justice trop lente,
Va du peuple indigné remplir enfin l'attente ;
Expier les forfaits dont septembre est souillé,
Venger le citoyen proscrit et dépouillé......

Mais

Mais pourquoi retracer ces images affreuses ;
Tandis que du Consul les vertus généreuses
Nous font des temps passés oublier la rigueur ,
Lorsque tout retentit des accents du bonheur ,
Et qu'une douce paix , ramenant l'abondance ,
Vient redoubler le prix notre indépendance.

Par R. B. Auguis , Elève du Cours de Littérature au
Prytanée français.

A BONAPARTE,

Sur l'Attentat du 3 nivôse an IX.

TEL qu'un jeune arbrisseau, croissant par tes bienfaits,
Sage et vaillant soutien de l'Empire français,
Sans craindre des autans la fougue impétueuse,
J'élevais mes rameaux dans la retraite heureuse,
Où des Maîtres zélés, par tes soins bienfaisants,
Veillent sur nos travaux et sur nos jeunes ans.
Laissant aller ma muse aux transports poétiques,
Loin du bruyant fracas des tempêtes publiques,
En formant mon esprit, je laissois fuir le temps
Et passois de mes jours l'agréable printemps.
Mais qu'entend-je, grand dieu! quel cri, quel bruit horrible
Vient troubler le repos de mon séjour paisible?
Dans les airs embrâsés, tonnant avec fracas,
La poudre ébranle tout et vomit le trépas.
La crainte, la frayeur de leurs sombres nuages
Ont soudain près de moi voilé tous les visages.
Inquièt, je m'informe et j'apprends, ô forfait,
Des monstres qu'en son sein mon pays nourrissoit,
Du Consul généreux oubliant la clémence,
Ont tenté de ravir ce héros à la France;
Et de sang tout couverts ils vouloient, ces brigands,
Repaître encor leurs yeux de ses membres sanglants.
  FRANCE, réjouis-toi, par ta vive allégresse,
A ton vaillant Consul viens prouver ta tendresse.
Envain ils prétendoient par leurs affreux complots,
Les lâches assassins, nous ravir ce Héros.

Veillant sur les destins d'une tête si chère,
Ton génie a trompé leur espoir sanguinaire.
Dans ces temps désastreux où le sang des Français,
A grands flots répandu, rougissoit les guérêts;
Perfides, vous vouliez ramener la Patrie ?
Français, n'en doutez point, dans sa fureur impie,
Leur main frappoit l'état en frappant son Sauveur.
Avec peine ils voyoient sa prudente valeur,
Du milieu des combats ramenant la Victoire,
Par ses faits immortels signaler notre histoire.
Agités par l'Envie et ses hideux serpens,
La France alloit périr sous leurs glaives sanglants,
Si le juge éternel qui punit les coupables,
Eût laissé triompher leurs projets exécrables.
Nous mêmes dispersés, sans soutien, sans appui,
Le désespoir au cœur nous fuirions aujourd'hui,
Pour voir peut-être hélas! sous le toît de nos pères,
Égorger à nos yeux nos frères et nos mères.
Dieu de la liberté, que ces hommes affreux,
Ne nous ravissent point des jours si précieux;
Conserve à la patrie un héros magnanime,
Dont le cœur est trop grand pour soupçonner le crime,
Et daigne cette fois lui faire enfin sentir;
Qu'il est des attentats qu'on ne peut trop punir.

Par F. C. MALLEVAL, Elève du Cours de littérature au
Prytanée français.

VERS

AU PREMIER CONSUL,

Sur l'Evénement du 3 nivôse an IX.

Quel tumulte soudain ! quel effroyable bruit !
Ce n'est point Mars en feu, c'est l'enfer qui mugit;
Les cieux en sont émus et la terre troublée
Jusqu'en ses fondemens me paroît ébranlée.

Partout des cris plaintifs, de longs gémissemens,
Et le sol est jonché de membres palpitans :
Je n'apperçois partout que meurtre, que ruine,
Et les sanglans éclats de l'horrible machine.

Ah ! je vous reconnois, infames assassins,
Qui massacrant encor vos propres citoyens,
Dans des piéges nouveaux attirez vos victimes,
Et comblez vos forfaits par le plus grand des crimes.

Mais quoi ! je n'entends plus ces accens douloureux !
Les blessés oubliant que la mort est près d'eux,
Disent tous : « Sans regret nous sortons de la vie;
Le Héros de la France échappe à leur furie ».

Dieu ! C'est toi qui couvris d'un voile protecteur
Le char du Magistrat qui fait notre bonheur;
Tu pressas ses coursiers, et d'un élan rapide,
Emportas le Héros loin du fer homicide.

Par O. BAYEUX, Elève du Cours de Littérature au
Prytanée français.

ÉPITRE

AU PREMIER CONSUL BONAPARTE,

Sur l'Événement du 3 nivôse an IX.

Magnanime héros qui gouverne la France,
Qui de nos citoyens maintiens l'indépendance,
Qui faisant en tous lieux respecter les Français
Bientôt dans nos climats ramèneras la paix ;
Bonaparte, faut-il qu'au sein de la Patrie,
Tout un peuple inquièt craigne encor pour ta vie ;
Que de vils assassins, d'indignes scélérats
Attentent à des jours respectés des combats !
Monstres accoutumés à vivre de rapines,
A repaître leurs yeux de sang et de ruines ;
Ils regrettent le temps pour eux si plein d'attraits,
Où le sang à grands flots inondoit nos guérêts.
Maintena par tes soins, leur troupes dispersée,
Sous le mépris public est partout terrassée.
Mais ces tigres encore conservent dans leurs cœurs,
Avec la soif du sang leurs premières fureurs ;
Loin de les adoucir à force de clémence,
Tu ne fais qu'irriter leur farouche vengeance ;
Indignés contre toi, d'un unanime accord
Ces bourreaux, Bonaparte, ont tous juré ta mort :
Impatiens déja d'immoler leur victime,
Je les vois se hâter de consommer leur crime.
De l'homicide acier les effets sont trop lents,
Ils cherchent des moyens plus sûrs, plus violens ;
Forment une machine effroyable, infernale,
Qui doit être, ô grands dieux ! à tes jours plus fatale

Que ces bouches d'airain dont les coups meurtriers
Jonchent les champs de Mars de valeureux guerriers.
Mais déja des Français le bienfaisant génie,
Dont les yeux vigilans veillent sur la patrie,
A de ces assassins découvert les complots
Et frémit en voyant le péril du héros.
Bonaparte, à l'instant de la voûte céleste
Il vient te garantir d'une mort si funeste;
Il marche à tes côtés, il te suit pas à pas,
Comme il faisoit naguère au milieu des combats.
Lorsque la sombre nuit couvrant tout de ses voiles,
A fait paroître aux cieux les brillantes étoiles;
Le salpêtre soudain s'allume, avec fracas
Il s'embrâse, il éclate et vomit le trépas.
Ici l'œil apperçoit des maisons ébranlées,
Des murailles plus loin sur le sol écroulées,
Et le bruit par l'écho mille fois répété,
Parcourt en mugissant, cette immense cité.
Hélas ! si les Destins, à la France contraires,
Avoient favorisé ces bourreaux mercenaires,
Et t'eussent fait périr sous leur indigne effort,
Quel autre plus que nous eût déploré ta mort !
Toi qui pour les guerriers vengeurs de la Patrie,
Signales tes bienfaits, et même après leur vie
Récompenses encor leurs travaux éclatans.
Ton cœur est occupé de leurs tendres enfans
Qui franchissant des arts les sentiers difficiles,
Par tes soins deviendront des citoyens utiles;
Ah ! trop jeunes encor, pour tant d'heureux bienfaits
Nous ne pouvons qu'offrir nos vœux et nos souhaits:
Dieux, conservez ses jours, et que votre puissance,
Égale son bonheur à celui de la France.

Par E. BLESCHAMP, Qui Cours Littérature au
Pr   e français.